DIEU ET FRANCE

LES

Pages de Jeanne d'Arc

DRAME HISTORIQUE EN 2 ACTES

PAR

L'ABBÉ H. THUILLIER

Curé de la Neuve-Lyre

Musique de M. V. BILLARD

Maître de Chapelle à Saint-François de Sales, à Évreux

ÉVREUX

IMPRIMERIE DE L'EURE

1916

Les Pages

de

Jeanne d'Arc

ŒUVRES POÉTIQUES

de l'Abbé H. THUILLIER

LES ESCOVIENNES. — I. *Les grands jours d'Écouis* . . . . 3 »

II. *Chez nous* . . . . 3 »

III. *Pastorales.*

COUR D'AMOUR en l'honneur de Mgr Meunier, évêque d'Evreux . . . . *(épuisé).*

JEANNE D'ARC, drame pastoral en 3 actes pour jeunes filles 1 25

— *La Partition,* par MM. Bruneau et P. Billaud 2 50

LES BERGERETS . . . . » 60

LES LYRIENNES.

LA NEUVE-LYRE DE NOTRE-DAME. Cantiques en l'honneur de la Sainte Vierge . 1 »

LES PAGES DE JEANNE D'ARC, drame en deux actes 1 50

— *La Partition* (piano et chant), par M. P. Billaud . . . . 2 »

A l'*Imprimerie de l'Eure* ou chez l'Auteur, curé de la Neuve-Lyre, Eure.

— *Mêmes adresses pour la location des partitions d'orchestre.*

DIEU ET FRANCE

Les

Pages de Jeanne d'Arc

DRAME HISTORIQUE EN 2 ACTES

PAR

L'ABBÉ H. THUILLIER

Curé de la Neuve-Lyre

Musique de M. P. BILLAUD

Maître de Chapelle à Saint-François-de-Sales, à Evreux

ÉVREUX

IMPRIMERIE DE L'EURE

—

1914

On nous demandait de divers côtés une **Jeanne d'Arc** pour Jeunes Gens, aussi facile à interpréter que notre **Jeanne d'Arc** pour Jeunes Filles.

Nous essayons aujourd'hui de répondre à ce vœu.

Notre drame précédent passait de Domrémy à Reims. Celui-ci aborde le grand sujet d'Orléans.

Il résume, aussi fidèlement que possible, la matinée historique du 7 mai 1429. Nous nous sommes seulement permis de reporter à cette matinée le réveil de Jeanne par ses Voix : c'était une nécessité du drame.

Toutefois, notre pièce ne s'intitule pas *Jeanne d'Arc à Orléans,* mais *Les Pages de Jeanne d'Arc,* parce qu'elle propose à l'imitation des Jeunes Catholiques d'aujourd'hui les jeunes Chevaliers d'alors. De là un certain nombre d'épisodes, qui rappellent l'éducation vigoureuse et vigoureusement chrétienne de la Chevalerie.

Nous avons été heureux par surcroît de grouper autour de la « Geste de Jeanne » des noms illustres et des souvenirs précieux de notre histoire locale. En combien de pays ne pourrait-on pas se rattacher par des liens analogues, — ou plus parfaits, — à la sainte de la Patrie.

Nous devons un merci spécial à l'auteur de la partie musicale, M. Pierre Billaud, le littérateur distingué et le musicien émérite. *Les Pages de Jeanne d'Arc* de Rugles, — les concitoyens de Louis de Coutes, — et tous les Pages de Jeanne d'Arc de France le remercieront avec nous.

NEUVE-LYRE, 23 janvier 1914.

Abbé H. Thuillier.

PERSONNAGES

Jeanne d'Arc.

Louis de Coutes (14 ans),
Raymond des Barres (15 ans), } pages de Jeanne d'Arc.

Jean
Bertrand
Charles } damoiseaux d'Orléans, petits pages de
Didier Jeanne. De 8 à 12 ans.
René

Isaur le Jongleur ou le Troubadour, aveugle, ancien chevalier.

Doolin, enfant très jeune d'Isaur.

Maître Boucher, trésorier du Duc d'Orléans, hôte de Jeanne d'Arc.

Maître Guy, pêcheur.

Hérauts d'Armes.

Personnages muets : **Un prisonnier anglais — Soldats — Bourgeois — Hommes du peuple** pour le cortège final.

La scène se passe devant l'Hôtel de Jacques Boucher, l'Annonciade. — Orléans, le 7 mai 1429, dans la matinée.

DISTRIBUTION DE LA PIÈCE

Les **Pages de Jeanne d'Arc** ont été joués pour la première fois à l'École libre Saint-François-de-Sales, sous la présidence de Mgr Déchelette, évêque d'Evreux, le 1er février 1914. — Les rôles étaient ainsi distribués :

Jeanne d'Arc . . . . Georges PESLE.
Louis de Coutes . . . . Roger LACAZE.
Raymond des Barres . . . . Jean FORÈT.
Jean . . . . Louis THUBEUF.
Bertrand . . . . Roger LANGLOIS.
Charles . . . . Lucien LIBRON.
Didier . . . . Gabriel DE VILLENEUVE.
René . . . . Roger TALLEMANT.
Isaur . . . . Marcel CALLOU.
Doolin . . . . Pierre BILLAUD.
Maître Boucher . . . . Henri DUPERRON.
Maître Guy . . . . Jean BAZIN.

Les Pages de Jeanne d'Arc

La scène représente la façade de l'hôtel de Jacques Boucher, l'*Annonciade*. A gauche, un escalier donnant sur l'extérieur. Devant l'hôtel, un banc de chêne, sur lequel sont assis les Pages de Jeanne d'Arc, Louis de Coutes et Raymond des Barres, le deuxième endormi. Au-dessus d'eux, une fenêtre xve siècle, garnie de vitraux de prix et surmontée d'un bas-relief de l'Annonciation : cette fenêtre donne sur un corridor, où s'ouvre la chambre de Jeanne. La rue du Tabour se prolonge à droite vers la porte Regnard, qu'on entrevoit ; — à gauche, vers la porte de Bourgogne.

ACTE I

SCÈNE I. — Louis de Coutes. Raymond des Barres.

Louis

Hier, aux Augustins, — l'autre soir, à Saint-Loup ;
Combats le jour, la nuit ; alertes coup sur coup :
C'est assez ' pour broyer les os ' d'un pauvre page.
Non ! Depuis que je suis entré ' dans l'équipage
De Jeanne d'Arc, — jamais je ne fus aussi las.
Elle-même ' succombe à la fatigue, hélas !
Mais, on repose bien dans cette chambre haute

> *Montrant de la main la chambre de Jeanne.*

Que lui fit préparer Maître Boucher, son hôte.

1. Le souvenir de ma Patrie.

(Variante).

1. Oui, je revois au vif, la plaine verte et blonde,
Les bords ensoleillés de la forêt profonde,
La Risle aux cent ruisseaux, Rugle et ses forgerons,
Ambenay, Neaufles, Lyre et leurs gais environs.

REFRAIN. Le souvenir de ma patrie
Est pour mon âme endolorie
Le réconfort de chaque jour.
Il me sourit avec tendresse,
Il me relève en ma détresse,
Il est ma joie et mon amour.

2. Je m'en souviens, Ami, mieux que je ne puis dire,
Mieux que des « castoiements » du Bon Moine de Lyre.
Je visite en esprit l'église aux murs brunis,
Où les vivants aux morts se sentaient réunis.

Au Refr. : *Le souvenir de ma Patrie.*

3. Du seuil de Notre-Dame et du porche sonore,
Je revois mon château, que l'Anglais déshonore,
Mon château glorieux, armé de pied en cap,
Où l'on fêtait Noël en vidant le hanap.

Au Refr. : *Le souvenir de ma Patrie.*

Jusqu'à Raymond, qui dort ici ' fermant le poing !...
Pour moi, je ne dors plus, dès que le soleil point.
Voyons ! En attendant de prendre les Tourelles,
Envolons-nous, mon âme, à tire et tire d'ailes...
Les beaux vallons ' et la belle ville au milieu :
C'est là, c'est mon pays, c'est mon nid, ô mon Dieu !

RAYMOND

Il vient de se réveiller. Il baise son épée
après l'avoir signée d'une croix.

Tu soupires, Louis?

LOUIS

Et toi, Raymond?

RAYMOND

Je rêve.

LOUIS

Il est doux, n'est-ce pas, de goûter quelque trève,
Pour aller en esprit à son pays lointain?

RAYMOND

C'est Rugles ' qui te fait soupirer ' ce matin?

LOUIS

Oui, je revois au vif la plaine verte et blonde, *
Les bords enveloppants de la forêt profonde,
La Risle aux cent ruisseaux, Rugle et ses forgerons,
Ambenay, Neaufles, Lyre et leurs gais environs.
Je me souviens de leurs attraits, je dois le dire,
Plus que des « castoiements » du « Bon Moine de Lyre ».
Je visite ' ma vieille église, aux murs brunis,
Où ma tante et Florent d'Iliers ' se sont unis.

* Ces douze vers peuvent être remplacés par le chant ci-contre.

Je contemple, au sortir de son porche sonore,
Mon château glorieux, que l'Anglais déshonore,
Mon château glorieux, armé de pied en cap,
Où l'on fêtait Noël en vidant le hanap.

RAYMOND

Et que dirai-je, moi, de mon château des Barres,
Rasé ' jusqu'au niveau du sol ' par ces barbares?
Pour crier ma colère et plaindre ma douleur,
Il me faudrait ' la voix d'Isaur, le preux jongleur.

LOUIS

Tu connais mon pays.

RAYMOND

                    C'est hier, il me semble,
Que nous courions ' au Bois-Arnauld, chasser ensemble.

LOUIS

Te souvient-il du jour où, partis les premiers,
Nous revînmes, après le coucher des ramiers?
Nous lançions le faucon sur le mallard, la grive :
Il ne les laissait pas aller à la dérive.
Il les visait de haut, fondait sur eux tout droit
Et les clouait au sol d'un coup de griffe adroit.

RAYMOND

Mais, le soir, au lieu de l'ordinaire pitance,
Nous fûmes condamnés au pain de pénitence.
Ton père était sévère et ne transigeait pas.

LOUIS

N'importe! Au souvenir de mes premiers ébats,
Une nouvelle ardeur circule dans mes veines.

RAYMOND

La France, depuis lors, alla de peine en peines.
Ambroise de Loré ne put garder Ivry ;
Guillaume de Gamache et Graville et Guitry
Défendirent longtemps Rouen et Pont-de-l'Arche.....
Mais, l'Anglais l'emporta. L'Anglais reprit sa marche.
Ton père dut quitter son château — son orgueil —
Et bientôt, il tombait en héros, à Verneuil.

LOUIS

Non sans avoir requis et reçu l'assurance
Que nous continuerions la guerre ' à toute outrance.

RAYMOND

Qu'il serait fier ! — Ses yeux en seraient éblouis,
S'il pouvait voir ' briller entre tes mains, Louis,
L'Etendard, qui nous va mener ' à la Victoire.

LOUIS

Mais, il le voit, Raymond, puisqu'il est dans la gloire !

RAYMOND

C'est vrai.

LOUIS

      Puissè-je encor le réjouir bientôt
En chassant les Anglais de son noble château !
Orléans délivré, vive Dieu ! c'est le sacre !
C'est l'ennemi, qui fuit partout, craignant massacre !
C'est Rugles, qui rejette à la hâte ses lois !

RAYMOND

Est-il bien ' de penser d'abord ' à tes Ruglois ?

LOUIS

Quand pour la France, ami, l'on travaille ou l'on prie,
On sert en même temps sa petite patrie.

Ainsi, quand on défend sa terre ' et son seigneur,
Sur la grande Patrie en rejaillit l'honneur.

RAYMOND

Bien répondu. — Jamais, du reste, tu ne bronches.

LOUIS

La *Philosophia* de Guillaume de Conches,
Que m'enseigna jadis le « Bon Moine » Alexis,
Fournit ' sur tout sujet ' un jugement précis.

RAYMOND, *riant*.

Conclus que le « Bon Moine » a fait un bon élève.
Allons ! — Attends ici que Jeanne d'Arc se lève
Cependant ' que je cours abreuver ' les chevaux.

LOUIS

Fais vite... Me voici des compagnons nouveaux.

> Raymond sort par la droite. Des enfants
> d'Orléans arrivent par la gauche.

SCÈNE II. — LOUIS DE COUTES. JEAN. BERTRAND. CHARLES. DIDIER. RENÉ

JEAN, *entrant*, à CHARLES

Son père a gouverné Châteaudun. C'est de Coutes.

LOUIS

Eh ! damoiseaux, l'on est de bonne heure ' aux écoutes.

JEAN

Non, Louis. Nous venions la regarder passer.

BERTRAND

Nous la regarderions cent fois ' sans nous lasser.

LOUIS

Elle sommeille encore, en habits, sur sa couche.
Je la réveillerais, à la moindre escarmouche :
Mais, après leur échec d'hier ' aux Augustins,
Nos seigneurs les Anglais vont être moins mutins :
Ils la laisseront bien reposer ' jusqu'à Laudes.

CHARLES

Les luttes d'aujourd'hui menacent d'être chaudes?

DIDIER

Guy le Pêcheur soutient qu'on attend des renforts.

BERTRAND

Avec l'aide Dieu, nous sommes assez forts.

CHARLES

Jeanne d'Arc nous suffit. Les Xaintrailles, La Hire,
Et vingt autres ' se plient à ce qu'elle désire.

DIDIER

Mais, Maître Guy...

CHARLES

Qu'il pêche !

DIDIER

Il prétend que les chefs
Craignent ' que son ardeur n'amène des méchefs.

LOUIS

Ils ont même ordonné d'ajourner la bataille.

CHARLES

Vraiment?

JEAN

Jeanne le sait?

LOUIS

Le seigneur de la Taille
Est venu l'en instruire, ici même, hier soir.

BERTRAND

Et Jeanne a répondu?

LOUIS

Qu'il ne fallait surseoir :
— « Gardez votre conseil, dit-elle, et nous, le nôtre.
« Le Conseil de Messire est meilleur que le vôtre.
« Votre conseil à vous périra. »

CHARLES

C'est bien dit.

RENÉ

Si quelqu'un l'arrêtait?

DIDIER

Il serait un maudit!

JEAN

O la vaillante Jeanne!

BERTRAND

O la sainte Pucelle!

CHARLES

L'arrêter! quand elle a tout le monde' avec elle!

BERTRAND

N'est-ce pas que c'est elle, hier, sur le rempart
Qui précédait nos gens avec son étendard?

LOUIS

Oui, nos Français' n'avaient qu'à se laisser conduire.
Les Augustins conquis, Jeanne les fit détruire.

Un Anglais résistait comme un pilier d'airain.
Sur un signe de Jeanne à Jehan le Lorrain,
Le Lorrain l'abattit d'un coup de couleuvrine.
Aussitôt, nos soldats franchirent la courtine,
Poussèrent les Anglais et Talbot accouru
Jusqu'aux Tourelles ' où leur tourbe ' disparut.
Notre Jeanne ' eut voulu donner l'assaut ' sur l'heure.
Comme on la ramenait de force ' à sa demeure :
— « Eh bien ! s'écria-t-elle, on les aura demain,
« Aussi vrai ' que je tiens ce bâton ' à la main ! »

RENÉ

On dit qu'elle combat ' la visière levée ?

LOUIS

Le plus souvent, — donnant ses ordres ' de l'épée.

JEAN

On dit aussi ' que son visage ' est souriant.

LOUIS

Souriant aux Français, aux Anglais effrayant :
Car, ils redoutent plus ses yeux ' que sa rapière.
Rien qu'à l'apercevoir, ils baissent la paupière.

BERTRAND

Tu la connais ' depuis longtemps ?

LOUIS
                          Depuis Chinon.
Je fus choisi d'abord pour porter son pennon.
Le sire de Gaucourt m'avait à son service :
Il consentit ' à me céder ' pour cet office.

JEAN

Parle nous d'elle.....

RENÉ

On en reparlera chez nous.

LOUIS

Quand je rencontrai Jeanne, elle était à genoux.
Elle était à genoux devant une monstrance :
Ah ! comme elle priait le Bon Dieu' pour la France !
Comme elle rayonnait ! — Autant, je vous le dis,
Qu'à l'église Saint-Paul, les Saints du Paradis.

JEAN

C'est une sainte aussi d'une blancheur sans tache.

BERTRAND

Et chacun de l'aimer.

DIDIER

Sauf le sieur de Gamache,
Qui, depuis l'autre jour, est pour elle tout fiel.

CHARLES

Pourquoi reniait-il le droit Seigneur du ciel ?
Jeanne le prit au col ' et, sans cérémonies,
— « Rends hommage, dit-elle, au Dieu que tu renies. »
Ce qu'il fit.

JEAN

En public.

CHARLES

Devant cette maison.

LOUIS

Jeanne aime Dieu partout autant qu'à l'oraison.
Sa charité' lui donne une ardeur' merveilleuse.
On redevient chrétien à la voir si pieuse.

Elle soigne les corps et les esprits blessés,
Ne veut pour compagnons que des gens confessés
Et s'en va répétant : « Dieu permet les défaites
« Pour punir les soldats des fautes qu'ils ont faites. »

CHARLES

Oh ! que je voudrais bien être son page !

A Didier. Et toi ?

TOUS, *sauf René*

Et nous !

RENÉ

Moi, je voudrais habiter' sous son toit,
Puisque je suis trop jeune encor' pour être page.

LOUIS

Il serait difficile en effet, à votre âge.....

Jeanne descend par l'escalier extérieur.

SCÈNE III. — LES MÊMES. JEANNE D'ARC (*elle a déjà une partie de son armure*)

LOUIS, *surpris*

Jeanne !

Les enfants s'écartent.

JEANNE à LOUIS, *avec animation*

Sanglant garçon ! Tu ne m'apprenais pas
Que le sang de nos gens coule à terre ' là-bas.

LOUIS

La bataille est reprise !

JEANNE, *marchant toujours émue*

Et l'on m'en fait mystère !
Et je dors ! Et le sang des nôtres coule à terre !

JEAN

Tout est calme.

JEANNE

Où sont ceux qui me doivent armer ?
Mes armes ! Mon cheval !

LOUIS

Pourquoi vous alarmer,
Jeanne ?

JEANNE

Pourquoi ? L'Anglais s'avance et nous refoule,
Te dis-je ! O cruauté ! Le sang de France coule :

Se mettant la main devant les yeux.

Jamais le sang français n'a coulé devant moi
Sans que mon être entier n'ait tressailli d'émoi.
De Coutes, c'est mal fait.

LOUIS, *un genou en terre·*

Je vous demande grâce !

BERTRAND

Il nous parlait de vous.

JEANNE

Mon cheval ! ma cuirasse !
Nous allons besogner rudement' aujourd'hui !

Louis sort par la droite.

SCÈNE IV. — LES MÊMES, moins LOUIS

CHARLES à JEANNE D'ARC

Nous nous voyions déjà vos Pages, comme lui !

JEANNE

Au demeurant, je l'ai trop gourmandé' peut-être.
Il ignorait' ce que mes Voix ' me font connaître.

Or sus, vous qui parlez d'être de ma Maison,
Combien êtes-vous?

JEAN, *après une pause*

Cinq.

JEANNE

C'est plus que de raison.
Je suis une Pastoure et non pas une Reine.
Vos pères savent-ils où l'ardeur vous entraîne?
Et vos mères?

CHARLES

Mon père en serait glorieux.

RENÉ

Ils nous ont défendu de sortir de ces lieux.

BERTRAND

Fors pour aller prier.

JEANNE

Respectez leurs défenses.
Vous n'avez pas encore achevé ' vos « enfances ».
Pour devenir un jour un valeureux guerrier,
Il faut premièrement que l'on sache prier;
Par après, que l'on ait une âme ' forte et juste
Et, pour la bien servir, un corps souple et robuste.
Apprenez, damoiseaux, les dix commandements
Des anciens chevaliers! Méditez leurs serments!

CHARLES

Nous les savons par cœur.

JEANNE

Adieu, le temps me tarde.
Elle remonte par l'escalier extérieur.

JEAN

[garde!

Pour que vous nous gardiez, Jeanne, — que Dieu vous

Maître Guy entre par la droite.

SCÈNE V. — LES MÊMES, moins JEANNE D'ARC,
MAÎTRE GUY, le pêcheur.

MAÎTRE GUY, *montrant un poisson*

Messieurs, c'est un poisson, que je viens de pêcher:
La belle alose !

JEAN

Attends ici Maître Boucher.

BERTRAND

Il te l'achètera sans doute pour ses hôtes.

DIDIER

On prend donc ce poisson, lorsque les eaux sont hautes?

MAÎTRE GUY, *se rengorgeant*

Et lorsque l'on connaît sa Loire.

CHARLES

Maître Guy

Pêche toujours, tandis que l'on se bat pour lui.

DIDIER

C'est plus sûr.

MAÎTRE GUY, *goguenard*

Voulez-vous m'accuser ' d'être un lâche?

JEAN

Non, Guy, nous te savons intrépide à la tâche.

MAÎTRE GUY

Je suis certainement un brave... mais, enfin,
Si tous mouraient, qui donc recevrait le Dauphin,
Quand il décidera d'entrer dans notre ville?

CHARLES

N'est-il pas Chevalier de la gaule qui file?

DIDIER

N'a-t-il pas un métier de chien ' et de héros?

CHARLES

Mieux vaut certe ' affronter l'Anglais ' et ses carreaux,
Que de passer des jours à regarder la Loire.

MAÎTRE GUY

Et des nuits.

DIDIER

Soit! à lui la gaule!

CHARLES

                    A nous la gloire!
Maître Boucher arrive par la porte principale de son hôtel.

SCÈNE VI. — LES MÊMES. JACQUES BOUCHER

MAÎTRE GUY, *offrant son alose*

Maître, c'est...

MAÎTRE BOUCHER, *sans s'occuper de Guy*

          Damoiseaux, qu'est-il donc arrivé?
Si l'Anglais, cette nuit, a brûlé Saint-Privé,
C'est qu'il a reconnu la force ' de nos armes.

MAÎTRE GUY, *même jeu*

Maître, c'est un...

MAÎTRE BOUCHER

Cela ne peut causer d'alarmes.
Aux Tourelles, nos gens sont vaillants ' et nombreux.

MAÎTRE GUY

Maître, c'est un poisson...

MAÎTRE BOUCHER

Vous a-t-on parlé d'eux?

BERTRAND

Oui, Jeanne nous a dit qu'ils ont forte partie.

MAÎTRE BOUCHER

Je sais, mais non ' comment elle en fut avertie.

MAÎTRE GUY, *plus vite*

Maître, c'est un poisson que je viens...

JEAN

Par ses Voix.

Ses Voix du ciel.

MAÎTRE GUY

je viens de pêcher...

MAÎTRE BOUCHER, *aux damoiseaux*

Je le vois :

Vous n'avez rien ouï non plus ' qui me renseigne.
Mais, quand on aime, il est naturel que l'on craigne.
Bonne Jeanne !

CHARLES

Elle doit s'armer en ce moment.

MAÎTRE BOUCHER

Elle s'arme ' du Corps de Dieu ' premièrement.
Car, c'est Dieu qui l'anime et qui combat en elle.
Son aumônier ' le lui donne ' en notre chapelle.

Et vite, elle prendra cuirasse, gantelets,
Bannière... et nous irons avec elle ’ aux Anglais.

MAÎTRE GUY, *avec précipitation*

Maître, c’est un poisson... des plus gros que l’on pêche :
Pouvez-vous...

MAÎTRE BOUCHER

Pouvez-vous? Et qui donc m’en empêche?
Mais, il faut consulter la Dame de céans.

SCÈNE VII. — LES MÊMES. JEANNE D’ARC, *entièrement
armée, visière relevée*

JEANNE

Aujourd’hui, mes amis, Dieu délivre Orléans !
L’Anglais ajoutera la plaie ’ à la blessure.
Mais, il sera vaincu... La promesse en est sûre.
— Comment! nos destriers ne sont pas encor là?
— Aujourd’hui, nous triompherons ’ à grand éclat.
Or ça, maître Boucher, hâtez-vous de nous suivre.
Il nous faut batailler pour que Dieu nous délivre
Et de toute notre âme, — ainsi que nous prions.
Il faut que l’ennemi connaisse ’ aux horions
Que le gentil Dauphin a bon droit.

MAÎTRE BOUCHER

Dieu vous guide,
Jeanne; — mais, suffit-il que l’on soit intrépide?
Comment ferez-vous face à tant d’assauts? Comment,
Si vous restez à jeun? Prenez quelque aliment
De grâce! En peu de temps, on frirait cette alose.

JEANNE

Non. Ecoutez plutôt ce que je vous propose :

Orléans m'a traitée ainsi qu'un grand seigneur :
On m'offre sans compter aloses, vins d'honneur.
En Nom Dieu, c'en est trop pour une paysanne.
Jeanne suis, mes amis, et je resterai Jeanne.
Mais, je serai suivie, en rentrant par les ponts
Tantôt, — d'un prisonnier affamé, j'en réponds.

MAÎTRE GUY

Par les ponts ! Dieu du ciel ! ils n'ont plus que leur piles.

JEANNE

Celui-là peut bâtir des ponts, qui fit les îles.
Gardez l'alose et mon godon ' en aura part.

Apercevant son cheval et ceux des pages.

— Ah ! voici nos chevaux, enfin. — Mon étendard ?
On ne l'a point ?

MAÎTRE BOUCHER

Il est dans votre chambre.

JEANNE

Maître,
Courez vite et passez-le moi ' par la fenêtre.
— Vous, mes pages, allez prier Notre-Seigneur.

*Maître Boucher monte par l'escalier, suivi
de Maître Guy avec son alose.*

CHARLES

Elle nous a nommés ses pages ! quel honneur !

JEAN

Nous lui demanderons de faire votre voie.

DIDIER

Elle nous a nommés ses pages ! quelle joie !

MAÎTRE BOUCHER, *passant*
l'étendard par la fenêtre, avec précaution
Le voilà !

JEANNE, *saisissant*
l'étendard et partant au galop de son cheval
Bien vous fasse !

Maître Guy ferme la fenêtre.

SCÈNE VIII. — LES MÊMES, moins JEANNE,
MAÎTRE BOUCHER et MAÎTRE GUY.

LOUIS, *aux petits pages*
Au revoir !

RAYMOND, *aux mêmes*
A tantôt !

DIDIER
Surtout, rapportez-nous des godons ' de là-haut !

LOUIS
Et vous, soignez le feu.

RAYMOND
Graissez la poêle à frire.

RENÉ
Pour les godons?
Louis et Raymond partent au galop vers la gauche.

SCÈNE IX. — LES MÊMES, moins LOUIS et RAYMOND

DIDIER à RENÉ
Pour les godons? Non, tu veux rire.
Pour cette alose, qui, sans graisse, brûlerait.

CHARLES

Les godons peuvent bien s'en passer, il est vrai.

JEAN, *attirant ses amis à l'arrière-scène*

Quel galop, damoiseaux !

BERTRAND

C'est une course folle.

JEAN

Jeanne est loin devant eux.

DIDIER

On croirait qu'elle vole.

RENÉ

Est-ce son étendard, qui plane dans le ciel ?

JEAN

Tout là-bas ? C'est plutôt Monseigneur Saint Michel
En personne.

BERTRAND

Ecoutez ce grondement de foudre.

DIDIER

Je n'aperçois plus rien qu'un nuage de poudre.

RENÉ

Madame notre mère assure en vérité
Que Monsieur Saint Michel défend notre cité,
Comme il défend ' sa propre église ' du Mont-Tombe.

CHARLES

Alors, les ennemis auront ici leur tombe.

JEAN

'A moins de regagner leurs logis prestement,
Comme Jeanne leur en a fait ' commandement,

BERTRAND

O Jeanne, nous voilà dans ton noble équipage.
Notre vie est encore à sa première page :
Quelle gloire pour nous d'y graver ton blason !

CHARLES

Nous saurons soutenir l'honneur de sa Maison.

Ils chantent.

2. Le Chant des Pages.

1. Pages de Jeanne d'Arc, l'intrépide Lorraine,
Accourir à sa voix sera notre bonheur.
Avec son étendard nous irons à la peine,
Avec son étendard vous irons à l'honneur.

REFRAIN. A toi nos bras, à toi nos âmes
    O Jeanne d'Arc, à toi nos cœurs !
    Allume en eux les saintes flammes,
    Qu'on voit jaillir en traits vainqueurs.

2. Fais de nous, Jeanne d'Arc, des chrétiens, des apôtres.
Des pages empressés du Monarque des cieux,
Des sauveurs de leur âme et de l'âme des autres,
Des croyants fiers et forts, dignes de leurs aïeux.

Au Refr. : *A toi...*

3. Fais de nous, Jeanne d'Arc, une race aguerrie,
Les Pages de la France et demain ses soldats.
Pour le rayonnement de la sainte Patrie,
Apprends-nous, Jeanne d'Arc, à voler sur tes pas.

Au Refr. : *A toi...*

4. Pages de Jeanne d'Arc, du Christ et de la France,
Leur cause n'en fait qu'une et si douce à chérir !
Objet de notre amour et de notre espérance
Pour elle, nous jurons de vivre et de mourir !

Au Refr. : *A toi...*

On entend un galop de cheval sur la gauche.

BERTRAND

Qui revient par ici ? Comment ! Louis de Coute?

Maître Boucher entre peu après.

SCÈNE X. — LES MÊMES. LOUIS, puis MAÎTRE BOUCHER

JEAN

Tu nous reviens, Louis ?

DIDIER

Tu te trompes de route.

LOUIS, *précipitamment*

Maître Boucher, de suite ! Est-il encore ici ?

CHARLES

Il s'en était allé s'équiper.

MAÎTRE BOUCHER, *continuant à boucler son baudrier*

Me voici.

LOUIS

On refuse ' de nous ouvrir les portes, Maître.

MAÎTRE BOUCHER

Qui vous refuse ? Non. Cela ne peut pas être.

LOUIS

Le Sire de Gaucourt.

MAÎTRE BOUCHER

C'est ce qu'il faudra voir.

LOUIS

Jeanne le prie en vain. Il dit que son devoir
Est d'obéir' au Grand Conseil' et non à Jeanne ;
Il dit...

MAÎTRE BOUCHER

Et moi, je dis que Gaucourt est un âne.
N'est-ce pas le Conseil de Dieu, le Grand Conseil ?

LOUIS

Il se fait autour d'eux un sabbat sans pareil.
Le Peuple est en colère et la rumeur circule
Que la troupe ' laissée aux Tourelles ' recule.

BERTRAND

Jeanne l'annonçait bien.

MAÎTRE BOUCHER

   J'avais tort d'en douter.
Allons vite ' forcer cet âne ' à l'écouter.
    Louis et Maître Boucher sortent.

JEAN

Et nous, allons prier à Sainte-Croix pour elle.

ACTE II

SCÈNE I. — CHARLES. DIDIER. RENÉ

CHARLES à DIDIER

Alors, tu ne sais pas jouer ' à la marelle?

RENÉ

C'est si facile !

> *Il trace à terre une grande marelle, tandis*
> *que Charles sort des osselets d'une sacoche.*
> *— Charles et Didier s'asseoient. Charles*
> *dispose les osselets.*

CHARLES

Tiens ! prends ces douze osselets.
Ce sont les loups : ce sont, si tu veux, les Anglais.
Je n'ai que six brebis, moi, dans ma bergerie.
Eh bien ! je me fais fort que, malgré leur furie,
Tous les loups des Godons viendront s'abattre ici.

> *Montrant le bas de la marelle.*

Honneur aux loups ! Commence !

RENÉ, *rectifiant le jeu de Didier*

Eh non ! Comme ceci..

DIDIER

Les loups obliquent-ils, quand ils s'en vont en guerre?

> *Se levant.*

Au surplus, ce matin, le jeu ne me plaît guère.
Je pense que les miens prennent d'autres ébats.

> *Ils prêtent l'oreille à des clameurs très lointaines,*
> *mêlées de quelques coups de bombardes.*

CHARLES

L'assaut est vif, — si l'on en juge au branle-bas.

DIDIER

Dieu garde nos parents dans leur corps et leur âme !

CHARLES

Oh ! nous avons ' tant fait de vœux ' à Notre-Dame,
Qu'elle nous obtiendra de Dieu ' de les revoir.

SCÈNE II. — LES MÊMES. JEAN. BERTRAND

JEAN, *accourant, suivi de* BERTRAND

D'après ce qu'un passeur vient de faire savoir
A ma mère, — nos gens sont en pleine besogne.

CHARLES

On leur a donc ouvert la Porte de Bourgogne ?

BERTRAND

Gaucourt ne voulait pas baisser ' le Pont-levis.

DIDIER

De Coutes nous l'a dit.

CHARLES

A-t-il changé d'avis ?

JEAN

Non pas, mais tout à coup jaillit une voix vive :
— « En avant ! En avant ! et qui m'aime me suive ! »

BERTRAND

C'est Jeanne qui tournait par le sentier du guet.

JEAN

Le peuple la suivit, impétueux et gai.
Les chalands étaient prêts; il y monte, il s'y presse,
Il arrive... L'Anglais pousse un cri de détresse.

BERTRAND

Sur le point' de venger l'honneur' de son parti,
Il se voit acculé derechef, — investi.

JEAN

Dunois, Loré, Gaucourt lui-même' ont rejoint Jeanne.

CHARLES

Très bien : Le Grand Conseil à son tour se condamne.

BERTRAND

Ils parlent de donner le signal de l'assaut.

JEAN

— « Oui, dit Jeanne : hésiter encore' serait sot. »

BERTRAND

Le signal retentit.

JEAN

Les destriers hennissent.
De nombreux bataillons se forment' et s'unissent.

BERTRAND

Jean de Graville, avec ses arbalètriers,
S'élance de l'avant et vise les pierriers.

JEAN

Depuis ce moment là, — vous avez pu l'entendre, —
On se bat.

DOOLIN, *du dehors de la scène.*

Damoiseaux !

Didier va au-devant de lui.

CHARLES
Je me morfonds d'attendre.

JEAN
La voix de Doolin, je crois, l'enfant d'Isaur.

CHARLES
Serait-il renseigné mieux que nous?

JEAN
Moins encor.

BERTRAND
Si nous lui demandions...

JEAN
Que veux-tu qu'il nous dise?
Quand nous sommes passés, il sortait de l'église.

SCÈNE III. — LES MÊMES. ISAUR et DOOLIN

DIDIER, *présentant Isaur et Doolin*
C'est Doolin, avec son père le Jongleur.

JEAN
Approche, noble Isaur. Adoucis ta douleur
En nous la confiant. Nous sommes à toi : Parle.

ISAUR
Vous n'avez pas connu, Damoiseaux, le duc Charle.
Le courageux Seigneur et le bon troubadour!
Il aimait batailler et chanter ' tour à tour
Et, dans ses moindres chants, quelle douce harmonie!

Récitant.

> Le temps a laissié son manteau
> De vent, de froidure et de pluye
> Et s'est vestu de broderye,
> De soleil luisant, cler et beau.
> Il n'y a beste ne oyseau
> Qu'en son jargon ne chante et crye :
> Le temps a laissié son manteau
> De vent, de froidure et de pluye.
>
> Rivière, fontaine et ruisseau
> Portent en livrée jolie
> Gouttes d'argent d'orfèvrerie.
> Chacun s'habille de nouveau.
> Le temps a laissié son manteau
> De vent, de froidure et de pluye...

BERTRAND

Comme le doux printemps doit lui paraître amer
Depuis treize ans ' qu'il souffre aux prisons d'outremer !

ISAUR

Oui, depuis Azincourt, ma dernière bataille.
Les coups pleuvaient sur lui, coups d'estoc et de taille :
Il les bravait comme un lion. — Thibaut d'Osmoy,
Son page, son ami, — le Duc de Bar et moi
Nous nous battions, à ses côtés, pleins d'assurance.
Les Anglais haïssaient en lui ' le sang de France.....
Un coup de gantelet sur les yeux ' m'aveugla.....
Quand je repris mes sens, le Duc n'était plus là.

DIDIER

Une lyre aujourd'hui remplace ton épée.

ISAUR

Oui, mon « Etincelante » aigue et bien trempée !

L'homme doit se soumettre à ce que Dieu permet.
Peut être qu'à l'excès la lutte me charmait,
Peut-être que mes yeux avaient commis des fautes,
Peut-être qu'ils visaient à des cimes trop hautes.
Me souvenant du Christ et de sa Passion,
Je lui fais, chaque jour, pleine donation
De mes maux, — du plus grand de tous, mon impuis-
                                        [sance,
Puis, le long des sentiers, je chante en sa présence.
N'est-ce pas, Doolin?

DOOLIN

Oui, mon père.

ISAUR

                        Autrefois,
Je ne me savais pas une aussi bonne voix.....
Dieu, lorsqu'il nous afflige, aussitôt nous relève.....
Comme je n'ai plus d'arc, de flèches, ni de glaive,
Il m'a mis à la main la lyre que voici.

                        Montrant son rebec.

Car la lyre est un arc ' lanceur de traits ' aussi,
Et ses traits ' sont des traits de lumière ' et de flammes :
Ils embrasent les cœurs, ils éclairent les âmes,
Ils entraînent l'armée à l'assaut du rempart :
Ils percent l'ennemi parfois de part en part.

JEAN

C'est trop d'enthousiasme, Isaur, et tu t'abuses.

ISAUR

Vous croyez?

BERTRAND

            Que jadis, lorsque lyraient les Muses,
Les loups soient devenus de gentils agnelets,
Je l'accorde...

DIDIER
Non pas du moins les loups anglais !

JEAN
Mais, les traits, ce n'est pas la lyre ' qui les lance.

ISAUR
Elle fait plus : l'archer lui doit ' sa virulence.
Il lui doit ' le réveil de ses espoirs secrets :
Oui, c'est elle, à son bras, qui décoche les traits.

CHARLES
Tu devrais bien alors, sur les bords de la Loire,
Porter à nos guerriers ce talisman de gloire.

ISAUR
Il leur suffit d'avoir, pour être valeureux,
La Lyre du Seigneur et son Arc ' avec eux.
Au demeurant, on a refusé mes services :
J'unis ce sacrifice aux autres sacrifices.

CHARLES
On se montre pour toi, vieillard, comme pour nous
Sans pitié.

ISAUR
Mais, un jour, vous bataillerez, vous.
Ce jour-là, vous ferez les coups doubles, je pense.
Moi, je ne suis plus bon...

DIDIER
Que pour la récompense.

ISAUR
Non, je ne suis plus bon qu'à gémir tristement,
Si Dieu prolonge encor ma vie ' et mon tourment.

BERTRAND

Ne t'abandonne pas à ces pensers funestes.

CHARLES

Ton cœur fut noble, Isaur ; nobles en sont les restes.
Tandis que les parents sont à l'assaut là-bas,
Communique à leurs fils l'ardeur des saints combats.

JEAN

Apprends-nous comme on doit, en toute circonstance,
Faire assaut, pour le bien, de force et de constance.

BERTRAND

Jeanne nous exhortait à ne pas oublier
Les dix commandements du parfait chevalier.

ISAUR

L'un de vous saurait-il les déduire de suite?

CHARLES

Moi !

DIDIER

Moi !

BERTRAND et JEAN

Moi !

ISAUR

Bien ! que le plus jeune les récite.

Isaur s'asseoit : les enfants l'entourent.

RENÉ, *récitant*

1. Dieu notre Sire adoreras
   Et serviras courtoisement.

2. La Sainte Eglise défendras
   Et les pauvres pareillement.

3. Chacun jour la messe ouïras,
   Où Dieu se donne en Sacrement.

4. La Douce France honoreras,
   Pour qu'elle vive longuement.

5. Les mécréants pourchasseras
   Sans trêve ni ménagement.

6. Chevalier sans peur tu seras
   Et sans reproche aucunement.

7. Aux miséreux tu bailleras
   De tes biens généreusement.

8. A ton Droit Seigneur tu rendras
   Ce que lui dois loyalement.

9. A ta Dame tu garderas
   Ton cœur pur et non autrement.

10. Franc et sans dol demeureras
   Jusqu'à ta mort et Jugement.

ISAUR

Oh ! les versets plus beaux que le son de la lyre !
Apprends-les, Doolin, avant d'apprendre à lire...
Si, comme vos aïeux, vous observez ces lois,
Damoiseaux, — Doolin chantera vos exploits.

DOOLIN

Oui, mon père.

RENÉ

   Il sera Jongleur comme son père ?

ISAUR

Et comme votre Duc : Soldat surtout, j'espère.
Il chante bien déja : voulez-vous l'écouter ?

PLUSIEURS

Nous l'écoutons.

DOOLIN

   Mon père, est-ce qu'il faut chanter ?

Isaur

Chante, mon Doolin : « Arrière, Anglais ! arrière ! »

Doolin, *chantant*

3. Arrière, Anglais ! *(Ballade ancienne)*

Arrière, Anglais ! Tournez arrière !
Ici, vous ne règnerez plus.
Vous nous laissez votre bannière.
Les bons Français ont rué sus,
Par le vouloir du Roi Jésus
Et de Jeanne, douce Pucelle.
De quoi vous êtes confondus :
Dont c'est pour vous dure nouvelle.

De trop orgueilleuse manière
Longuement vous êtes tenus.
En France est votre cimetière :
Dont vous êtes pour fous tenus.
Faussement y êtes venus.
Mais par bonne et juste querelle
Tourner vous en faut tous camus :
Dont c'est pour vous dure nouvelle.

Or imaginez quelle chère
Font ceux qui vous ont soutenus,
Depuis votre emprise première !
Je crois qu'ils sont morts ou pendus :
Car, de tous ceux que j'ai connus
A présent de vous nul se mêle,
Sinon chétifs et malotrus :
Dont c'est pour vous dure nouvelle.

Pour vos gages, il est conclus :
Ayez la goutte et la gravelle
Et le col taillé rasibus :
Dont c'est pour vous dure nouvelle.

DIDIER

Arrière les Anglais !

CHARLES

Arrière les intrus !

JEAN

Doolin chante bien et son père est prophète.

CHARLES

Un page ! s'il venait annoncer leur défaite.

Raymond accourt par la gauche.

SCÈNE IV. — LES MÊMES. RAYMOND

JEAN

Raymond !

RAYMOND, *gravement*

Jeanne est blessée.

TOUS

O mon Dieu !

CHARLES

Que dis-tu ?

RAYMOND

Au joint de l'épaulière.

BERTRAND

Hélas ! tout est perdu !

RAYMOND

Non pas certes ! Je suis venu ' dans l'espérance
De trouver un remède à sa vive souffrance.

RENÉ

Elle souffre....

JEAN

Raymond, prends haleine un instant.
Je cours à la maison chercher l'orviétan
[heure.
Qui, l'autre jour, guérit mon père ' en moins d'une

Jean sort en hâte.

SCÈNE V. — LES MÊMES, moins JEAN

DIDIER

C'en est fait d'Orléans, s'il faut que Jeanne meure.

ISAUR

Elle ne mourra pas : son but n'est pas atteint.

RENÉ

Vous en êtes certain ?

ISAUR

Comme l'on est certain
De voir le soleil poindre où l'on a vu l'aurore.

BERTRAND

Le siège pourrait-il se prolonger encore ?

DIDIER

Elle avait dit pourtant : Aujourd'hui, nous vaincrons !

RAYMOND

Dieu seul.....

ISAUR

Relevez donc vos âmes et vos fronts,
Jeunesse ! La douleur n'est-elle pas féconde ?
Elle peut nous sauver : Elle a sauvé le Monde.

CHARLES

Raconte-nous, Raymond, ce funeste accident.

RAYMOND

Au plus fort de l'assaut tumultueux, ardent,
Tandis que près de Jeanne, Alençon, les Xaintrailles,
Dunois, La Hire, Iliers attaquent les murailles,
Les pierres et les traits pleuvent : Au premier rang,
Notre vaillant ami Gontaut ' tombe mourant.

RENÉ

Dieu le sauve !

RAYMOND

          Aux Anglais répondent nos bombardes.
La Tourelle d'amont se couvre de lézardes.
A ce moment un pan des créneaux est détruit.
La voix de Jeanne perce et domine le bruit :
— « Plus avant, bons Français ! Plus avant ! » clame-t-elle.
Mais, un anglais l'a vue agrippant une échelle
Pour l'appliquer au mur, qui vient de s'ébrécher :
— « Débarrassez nous en, » dit Gladsdal. — Un archer
Lui lance un vireton, dont sa cuirasse tinte.
Vingt flèches suivent : Jeanne à l'épaule est atteinte.
Elle tombe. On se presse autour d'elle. J'accours
Avec Louis — et Dieu lui donne son secours :
Certes, lorsque son sang coule ' sur l'herbe fraîche,
Elle pleure un instant. Mais, arrachant la flèche
Aussitôt, — elle la rejette ' avec vigueur.
— « On t'appelle à bon droit la fille de grand cœur,
Dit Gamaches. Prends mon cheval, noble Pucelle, »
Et, sans rancune, il l'aide à remonter en selle.

BERTRAND

Il a bien réparé son tort.

RAYMOND

Pendant ce temps,
La victoire hésitait entre les combattants.
Mais, lorsque l'on cessa d'entendre la guerrière,
Lorsque le bruit courut qu'elle était à l'arrière
Et blessée, — on sentit retomber ' son essor.
— « Les Anglais ont jeté sur elle un mauvais sort »,
Disaient les uns. Plusieurs autres ' parlaient d'un traître :
— « Que devenir ? Elle est blessée à mort peut-être. »

DIDIER

Quelle épreuve !

RAYMOND

Les chefs les excitaient en vain :
Ils répondaient : — « Sans Jeanne et son secours divin,
Impossible de vaincre ! Impossible ! Impossible ! »
Le découragement de tous ' était visible.
Nos chefs furent contraints de sonner le retrait.
Nous autres, nous veillions sur celle qui souffrait.
Quelqu'un lui proposa de charmer sa blessure.
— « Non ! Non ! Plutôt la mort que cette flétrissure,
Dit-elle. Si Dieu veut, il saura me guérir.
Laissez-moi le prier sans témoin ' et souffrir. »
Elle commence alors une oraison fervente.

BERTRAND

Mon Dieu ! daigne exaucer les vœux de ta servante !

CHARLES

Que font les chefs ?

RAYMOND

Tandis que Jeanne à genoux,
On n'entend que ce cri : « Rentrons, retirons-nous. »
Je crains...

ISAUR, *indigné*

Mais, ce serait la reprise du siège !

DIDIER

Les Anglais sont sur nous ?

RAYMOND

Ils redoutent un piège.

Ils se bornent depuis la fin de notre assaut
A se rire de nous et de Jeanne, là haut.

CHARLES

Misérables !

BERTRAND

Mais, si nous repassons le fleuve,
Ils crieront leur victoire.

DIDIER

Ils en auront la preuve.

CHARLES

Et leur acharnement redoublera.

RAYMOND

Je pars
Je vois Jean revenir du côté des remparts.

Sur le point de sortir, il rencontre Guy, qui l'arrête.
Il rentre en scène, avec Guy et Jean.

SCÈNE VI. — LES MÊMES. GUY et JEAN

MAÎTRE GUY, *ramenant* RAYMOND

Non ! n'allez pas plus loin.

RAYMOND

Pourquoi ?

MAÎTRE GUY

C'est inutile.

BERTRAND

Un malheur?

MAÎTRE GUY

Les chalands remontent vers la ville.

Même on dit...

DIDIER

Que dit-on?

MAÎTRE GUY

Jeanne blessée à mort.

RAYMOND

Qui le dit?

MAÎTRE GUY

Tout le monde.

RAYMOND

Et tout le monde a tort.

Je le sais, moi; j'ai vu de mes yeux ' sa blessure.

MAÎTRE GUY

Dieu veuille la guérir! Du moins, je vous assure
Que l'on ne se bat plus, que sur l'ordre des chefs
On a remis à flot les chalands et les nefs
Et que chacun s'apprête à traverser la Loire.

RAYMOND, *accablé*

Je le craignais.

DIDIER

Alors, cette grande victoire...

CHARLES

Jeanne a le temps : il n'est pas encore midi.

MAÎTRE GUY

Vous avez le cœur fort.

RAYMOND

Le danger rend hardi.

MAÎTRE GUY

Ah?

JEAN

C'est dans le péril que Dieu se manifeste.

ISAUR

Quand plus ne nous est rien, ni rien plus, Lui nous reste.

CHARLES à MAÎTRE GUY

Entends-tu, Maître Guy?

MAÎTRE GUY, *mécontent*

Sept mois que les Anglais
Empêchent Maître Guy de tendre ses filets!

On entend de grands cris au loin.

BERTRAND

Des clameurs!

RENÉ, *craintif*

Les Anglais peut-être.

MAÎTRE GUY, *effaré*

Fuyons vite.

Il cherche à s'esquiver.

ISAUR

Comment! fuir!

JEAN

Maître Guy, le brave, nous invite

A fuir!

MAÎTRE GUY, *implorant*

Bons damoiseaux !

CHARLES, *l'arrêtant*.

Si l'Anglais nous occit,
Ce sera ton honneur de succomber aussi.

*On entend le galop d'un cheval. — Mouvement
convulsif de Guy.*

SCÈNE VII. — LES MÊMES. LOUIS

LOUIS, *les bras levés, triomphant*

Vive Dieu ! Damoiseaux, Victoire ! Délivrance !

MAÎTRE GUY, *ébahi*

Nous sommes dé...

LOUIS

...livrés !

MAÎTRE GUY, *stupéfait*.

Orléans ?

PLUSIEURS, *joyeusement*.

Et la France !

ISAUR

Montjoie et saint Denis !

LOUIS

C'est par le Roi Jésus,
Par lui seul ' que les bons Français ont le dessus.

JEAN

Raymond nous rapportait que Jeanne était blessée.

LOUIS

Mais, les Saintes du ciel ne l'ont pas délaissée.
On était sur le point de démarrer les nefs,
Quand elle se leva soudain ' et dit aux chefs :
— « Espérez donc en Dieu ! N'ayez aucune crainte !
Les godons ' sentiront aujourd'hui ' notre étreinte,
Et tout arrivera pour nous ' à bonne fin.
Aussitôt que nos gens, ayant calmé leur faim,
Apercevront ' que mon étendard y scintille,
Qu'ils se ruent derechef aux murs de la Bastille ! »
A ces mots, elle part à cheval, comme un trait.

ISAUR

J'aurais fait le serment que Dieu la guérirait !

LOUIS

Elle mit pied a terre à l'abri d'une vigne.   [signe,
D'Aulon, le Basque et moi, nous la suivions. — D'un
Elle nous fit descendre et dit : « Mon écuyer,
Le Basque et toi, pendant que je m'en vais prier,
Portez mon étendard là-bas ' sous la muraille.
Quand vous la toucherez, il sera temps que j'aille.
Regarde les, Louis, du haut de ce côteau
Et tu m'avertiras, que j'y vole aussitôt. »
Alors, elle livra son cœur, à la prière.
Et moi, qui me tenais, non loin d'elle, en arrière,
Je regardais d'Aulon, le Basque et l'étendard
S'approcher, s'approcher toujours plus ' du rempart.
— « Il touche ! » — Elle est debout, assujettit son casque,
Saute à cheval. — Elle a déjà rejoint le Basque,
Repris son étendard et crie, en le levant :
— « Hardi ! sus au Anglais ! En avant ! en avant ! »
Et nos gens ' de grouiller à l'assaut des courtines,
Comme des bataillons d'oiseaux ' sur des épines.

ISAUR

Que n'étais-je avec eux !

LOUIS

On passe les fossés,
On saute par dessus les pieux entrelacés,
On pousse des béliers : Mais l'Anglais les harponne.
On attaque à nouveau les murs. On se cramponne
Aux échelles. On va de l'avant ' et Gladsdal
A beau, pour reculer le dénouement fatal,
Aiguiser la fureur des Anglais à la nôtre,
Jeanne crie : « En Nom Dieu, les enfants : Tout est vôtre.
Entrez ! » — Son étendard brillait comme un flambeau.
Et l'on a vu planer dessus ' un colombeau
Et Saint Aignan paraître auprès de Saint Euverte.
Miracle ! A l'instant même, une brèche est ouverte.
Jeanne crie à Gladsdal : « Tu t'es gaussé de moi,
Gladsdal, je te pardonne et j'ai pitié de toi.
Si tu veux échapper à la mort, rends-toi vite ! »
Mais, Gladsdal, l'injure aux lèvres, se précipite
Sur un pont ' tout miné déjà,' par nos brûlots :
Gladsdal et ses soldats s'abiment dans les flots,
Là même, où fut blessé Salisbury ' naguère.

MAÎTRE GUY

Plaise à Dieu ' que ce soit la fin ' de cette guerre !

CHARLES

Après que les Anglais seront boutés dehors.

MAÎTRE GUY, *levant les deux bras*

En attendant, la Loire est libre des deux bords !

JEAN

Où Jeanne est-elle, en ce moment, la noble Vierge ?

LOUIS

Elle va, vient, d'un point à l'autre' de la berge,
Tendre aux blessés, faisant absoudre les mourants.
Et comme elle n'entend rentrer ' dans Orléans
Que par les ponts, — tant bien que mal' on les répare.
Profitant du répit, j'ai voulu, dare-dare,
Vous donner la nouvelle — et la joie.

> *On entend les cloches, qui se mettent en branle.*

RAYMOND

Ecoutez.

DIDIER

Les cloches d'Orléans sonnent de tous côtés.

ISAUR

Et c'est dans tous les cœurs du bonheur qui résonne.

LOUIS

Jeanne fera bientôt son entrée ' en personne.

CHARLES

Avec ses prisonniers.

LOUIS

Avec les bons Français.
Elle ira rendre hommage a Dieu ' de son succès.

RAYMOND à LOUIS

Nous, courons la rejoindre. *Ils sortent.*

ISAUR

Et vous, chantez sa gloire,
Petits pages de Jeanne! Exaltez sa victoire!
En sauvant Orléans, elle venge Azincourt!

DIDIER

Mêlons nos chants ' à ceux du peuple, troubadour !

SCÈNE VIII. — LES MÊMES, moins RAYMOND et LOUIS.
DES HÉRAUTS D'ARMES

*Ils entrent par la porte Regnard, dont la herse
vient de se lever.*

4. Orléans, ouvre tes portes ! (Chœur)

REFRAIN. Orléans ! ouvre tes portes !
Orléans ! Orléans !
Les bergères sont plus fortes
Que les loups maugréants.

1. Vieillards et damoiseaux, enfants, femmes accortes,
Nous avons combattu des combats de géants !
Orléans, ouvre tes portes...

2. Unissez-vous à nous en joyeuses escortes ;
Venez voir de nos murs s'enfuir les mécréants.
Les bergères sont plus fortes...

3. Nous avons, grâce à Dieu, renversé leurs cohortes
Dans leur bastille sombre et dans les flots béants.
Orléans, ouvre tes portes...

4. Leur bastille n'est plus qu'un séjour de cloportes :
Eux-mêmes ne sont plus qu'une ombre de néants.
Les bergères sont plus fortes...

5. La Loire se mourait entre ses rives mortes :
Tout renaît, tout revit, tout refleurit céans.
Orléans, ouvre tes portes...

6. Pour ses bienfaits sans nombre et de toutes les sortes
Gloire à Dieu sur la terre et sur les océans !
Les bergères sont plus fortes...

A la fin de ce chant, des gens du peuple traversent
le fond de la scène. Un bruit de pas s'approche
et des cris de Noel, Montjoie! *se font entendre.*

ISAUR

Enfants, voici venir celle que Dieu protège.
Doolin, prends sur main et m'unis au cortège.

Les hérauts sortent par la gauche.

SCÈNE IX. — LES MÊMES, moins les HÉRAUTS

CHARLES

Elle amène un godon. Tu le vois, Maître Guy?

MAÎTRE GUY, *dans l'admiration*

Je vois.

DIDIER

La belle alose!

JEAN

Et La Hire les suit.

BERTRAND

Et Dunois.

MAÎTRE GUY

Et Gaucourt.

DIDIER

Et le sieur de Gamache.

CHARLES

Et Florentin d'Iliers, avec sa bonne hache.

RENÉ

Et mes frères.

JEAN à RENÉ

Et ses grands pages, les vois-tu?

Jeanne entre en scène.

SCÈNE X. — LES MÊMES JEANNE *et son cortège*

Le cortège est précédé de hérauts d'armes, de musiciens, cymbaliers, timbaliers, clairons. — Viennent ensuite Jeanne d'Arc, son écuyer D'Aulon, son prisonnier, ses pages, Dunois, Alençon, Gaucourt, La Hire, les Xaintrailles, Loré, Iliers, Gamaches, Osmoy, Guitry, etc. Arbalétriers, Piquiers, bourgeois, Confréries de Métiers, avec leurs bannières, etc. (*)

TOUS

O Jeanne, honneur à vous!

JEANNE

Non! tout honneur est dû

A Dieu seul!

BERTRAND

Dans votre âme, Il a mis son image.

JEANNE

Et dans la vôtre donc! Allons lui rendre hommage!
Allons chanter bien haut, mes Pages, que sa Croix
Est l'unique salut des Peuples et des Rois.

Le cortège s'éloigne par la gauche. Le chant reprend vigoureusement. Rideau.

(*) S'il n'est pas possible d'avoir un cortège important, les acteurs qui sont sur la scène peuvent le contempler de leur place. Ne paraîtraient alors que Jeanne d'Arc et son Godon, Maître Boucher, Louis de Coutes et Raymond des Barres.

ÉVREUX. — Imp. de PEURE. — G. POUSSIN, Dʳ

www.ingramcontent.com/pod-product-compliance
Lightning Source LLC
Chambersburg PA
CBHW061650180626
46818CB00003B/1037